LETTRE

D'UN GENTILHOMME FRANÇAIS

A M. LE VICOMTE

DE CHATEAUBRIAND,

PAIR DE FRANCE.

PARIS,

Chez DUBRAY, Impr.-Libr., rue Sainte-Anne, n° 57.

Et chez tous les Marchands de Nouveautés.

1818.

Imprimerie de A. Dubray, rue Sainte-Anne, nº 57.

LETTRE

D'UN GENTILHOMME FRANÇAIS

A M. LE VICOMTE

DE CHATEAUBRIAND,

PAIR DE FRANCE.

Votre naissance, M. le vicomte, vous imposait de nombreux devoirs envers l'état, et le rang que vous y tenez, de plus grands encore; vos talens distingués semblaient ajouter à ces obligations naturelles, car qui peut plus, doit faire davantage. Ceux qui ont pour vous une estime sincère, ceux qui nourrissent un véritable amour pour le Roi, ressentent une profonde douleur en voyant la position dans laquelle vous vous êtes volontairement placé. Elle doit vous être pénible à vous-même, car elle est étrangère au beau caractère que vous aviez montré, lorsque, résistant à toutes les séductions, aux terreurs mêmes que l'on cherchait à vous inspirer, vous brisâtes votre plume éloquente, plutôt que de l'employer contre votre conscience : vous vous acquîtes alors la vénération et l'amour de tous les gens de bien.

Eh quoi! vous nous forcez aujourd'hui à nous écrier avec trop de vérité : *Quantum mutatus ab illo!* Vos talens vous rendirent dans tous les temps l'objet des critiques, mais les sifflemens des serpens, les cris des hiboux ne parviennent point aux hautes régions de l'air, où l'aigle s'est ouvert une route; tous les efforts des Pradon n'ont point ébranlé le trône d'or où Racine siège toujours sur le Parnasse. Quelle différence entre les temps que je vous rappelle, et celui où je vous vois attaqué de tous côtés, et dans lequel vous présentez un flanc vulnérable! Ne pensez pas que je vienne, fort du nombre, me jeter dans la mêlée pour ajouter quelques blessures, plus ou moins profondes, à celles dont je vous vois couvert. Vous pouvez encore vous retirer du combat avec gloire, et j'espère vous démontrer que l'honneur vous le prescrit, et que de grands services savent expier l'erreur d'un moment.

Il faut donc vous montrer cette erreur, quelles en sont les suites dangereuses, combien elles peuvent le devenir encore davantage dans l'avenir. Pour servir des ressentimens personnels, vous desservez la cause publique; vous êtes trop loyal pour changer vos drapeaux; mais vous louez les efforts de ceux qui en voudraient altérer l'éclat et la blancheur; songez donc quelle est celle des lys!

Pour développer mon opinion, pour qu'elle vous soit démontrée vraie, il est impossible que je n'entre pas dans une discussion approfondie de quelques-uns des ouvrages dans lesquels vous vous êtes livré à la discussion de questions politiques. Assez d'autres ont employé contre vous les railleries piquantes, les sarcasmes amers; loin de moi de telles armes, elles irritent et blessent l'amour propre bien loin de le guérir. J'aurai sans doute à parler de vos écarts, mais ce sera en vous montrant votre véritable route, et je ne puis dire quelle est sa direction, qu'en établissant le point où vous vous en êtes éloigné. Vous jugez donc bien que je m'arrêterai sur l'ouvrage intitulé : *de la Monarchie selon la Charte*, et sur-tout sur celui que vous venez de publier récemment, c'est-à-dire : *du Système politique suivi par le ministère*. Le premier fut véritablement un scandale pour les bons Français, et un sujet de joie pour les ennemis du trône ; le second est si directement une attaque ouverte contre les ministres de la monarchie, qu'il est de devoir rigoureux de le combattre, non-seulement par les armes du raisonnement, mais par l'autorité des monumens historiques, par le sentiment de votre propre honneur, le cri du devoir et celui de votre propre conscience même.

Déjà il s'était fait entendre, lorsque vous avez cru l'étouffer par les suffrages de ceux que vous avez consultés, pour savoir si vous deviez publier votre écrit *du Système politique;* des amis sincères et éclairés ne vous auraient pas dit que : *la publication de cet écrit serait utile, et que, dans tous les cas, elle ne pourrait avoir d'inconvénient que pour l'auteur*. Ils auraient au contraire assuré que cette publication serait dangereuse, parce qu'elle placerait votre nom parmi ceux qui professent hautement une doctrine destructive de notre ordre social ; que l'autorité dont il jouit, ébranlerait les esprits peu éclairés qui ne pourraient pas croire que vous eussiez commis une faute aussi grave ; enfin, ils n'auraient pas trompé votre imagination en lui présentant des dangers imaginaires; mais ils l'auraient effrayée justement sur celui très-réel de paraître un instant abandonner ses drapeaux, quitter la ligne de ses devoirs, en manquant aux nobles fonctions qui vous sont confiées.

Vous ne pouvez pas ignorer, certes vous n'ignorez point que la Charte française, entièrement conforme aux principes de notre antique monarchie, diffère, et a dû essentiellement différer de la Charte qui, depuis 1688, régit l'Angleterre. Comment donc avez-vous pu appuyer la légitime publication de votre écrit sur une basse aussi fausse? C'est, dites-vous, *un usage établi dans le parlement d'Angleterre, de s'enquérir de temps en temps de l'état de la nation... un combat corps à corps s'engage entre l'opposition et le ministère.... les réglemens de nos deux chambres n'admettent pas cette manière de procéder; il serait à desirer qu'elle fût introduite parmi nous. C'est pour y suppléer, qu'on s'est déterminé à composer ce petit écrit et à le publier au commencement de la présente session.*

Je vous dirai la vérité, dût-elle vous déplaire; il y a dans ce passage presque autant d'erreurs graves, qu'il s'y trouve de membres de phrases. Que cet énoncé ne vous révolte pas, je vais vous en donner la preuve. Comme publiciste, vous commettez une grande méprise, lorsque vous motivez votre écrit sur un usage établi dans le parlement d'Angleterre. Autant il est vrai que cet usage y est bon, salutaire, indispensable même, autant l'est-il qu'en France il serait nuisible et inconstitutionnel, ainsi que vous l'allez voir.

Considérez donc que les chambres ont, en Angleterre, *l'initiative*; qu'elle leur est tellement réservée, que les ministres font proposer les bills, ou que s'ils les proposent, il faut qu'ils y soient appuyés par quelqu'un des membres, et cette intervention est nécessaire pour que la chambre soit saisie de la question. Vous venez de voir une proposition de lord Castlereagh rejetée, parce qu'il prenait l'initiative; elle fut reproduite par un membre, et alors elle fut acceptée par la chambre. (1)

Une loi est faite pour être exécutée, et son exécution est exclusivement confiée à la couronne. Si donc ceux qui ont voulu la loi, et qui l'ont quelquefois proposée et voulue contre

(1) Pour le traitement de l'orateur, lorsqu'il fut nommé Pair.

le desir de ceux qui exercent le pouvoir de la couronne, n'avaient pas le droit et l'usage de demander compte de son exécution, il s'ensuivrait que celui de *l'initiative* se trouverait, par le fait même, totalement paralysé, s'il n'était pas anéanti. Nos publicistes n'ont point assez pesé cette importante circonstance, et s'il en est qui l'aient évaluée, ils l'ont dissimulée. Il ne faut donc pas avancer aussi légèrement que l'on a pris la coutume de le faire : *regardez l'Angleterre, voilà ce qu'elle fait, suivons son exemple*. Les usages de l'Angleterre sont en raison de ses institutions; étudions les nôtres, avant d'importer quelques nouveautés qui en seraient destructives.

L'initiative appartient, en France, au Roi seul. Elle est à lui d'une manière si exclusive, que le plus simple amendement, s'il ne l'a pas adopté pour le faire préalablement entrer dans le corps de la loi, n'acquiert aucune autorité par l'assentiment même général des chambres. Elles ont le droit de supplier qu'il soit fait une loi, et elle peut leur être refusée. La conclusion absolument nécessaire de ceci est que le pouvoir exécutif n'ayant en France à mettre en action qu'une loi émanée de sa volonté, et qui est véritablement sa propre pensée, il a le plus haut intérêt à la faire exécuter dans toute son étendue. Si elle ne l'est pas, ou si elle est violée, les articles 55 et 56 de la Charte tracent aux chambres la ligne qu'elles ont à suivre, et quel est leur devoir. Ce n'est pas là une marche tracassière, ambigue, entravante, c'est celle de la Charte.

Il n'y a donc point de *combat corps à corps* à livrer entre un parti ministériel et un parti d'opposition. Celui-ci serait, chez nous, très-inconstitutionnel. Le roi est, en France, seul pouvoir exécutif, mais il est aussi co-législatif; en Angleterre il n'est qu'exécutif: en outre, le fait prouve que les ministres sont toujours pris dans le parti qui prédomine dans les chambres, ou qu'ils sont choisis par lui; de là naît nécessairement entr'eux, et le parti qui ne les a pas nommés, une lutte journalière que toutes les passions individuelles rend continue et très-souvent violente. Un tel parti, une semblable lutte seraient, parmi nous, comme je l'ai avancé, très-inconstitutionnels, car *l'opposition*, je prends ce mot dans le sens qu'il a en Angleterre, agirait directement contre le gouvernement, c'est-à-dire, contre ce qui fait la sûreté de l'état.

Mais, me direz-vous, nous avons cependant

un parti d'opposition ; j'en conviens, mais le fait ne prouve pas sa légitimité ; d'ailleurs ce parti a fait bien pis, car il s'est donné une qualification qui dévoile ses intentions secrettes, il s'est nommé celui des *indépendans*, d'où l'on doit conclure qu'il attaque d'abord les ministres, pour attaquer plus facilement le pouvoir même : il cherche à emporter les ouvrages avancés. Eh ! n'est-ce pas un jour de deuil que celui où l'on voit M. de Châteaubriand, un pair de France, tendre la main aux chefs d'un tel parti, et s'approcher de leurs rangs.

Vous vous êtes encore trompé, M. le vicomte, lorsque vous vous êtes borné à dire que : *les réglemens des deux chambres n'admettent pas cette manière de procéder* avec les ministres. Ce ne sont point des réglemens particuliers, ce n'est pas une simple discipline des deux chambres, qui n'admettent point cette manière, c'est la Charte qui s'y oppose. Les chambres pourraient changer leurs réglemens autant de fois qu'elles le jugeraient convenable, que si elles y introduisaient cette manière que vous regrettez de n'y pas voir, elles ne le feraient que par une violation complète de la Charte.

Vous avouez que *les réglemens n'admettent pas....* et c'est, dites-vous, *pour y suppléer, que vous publiez votre écrit*. Examinons la position dans laquelle vous vous mettez par cette publication. Comme pair, vous n'avez pas le droit d'interroger les ministres sur l'état du royaume ; c'est vous qui en faites l'aveu : comme particulier, vous le pouvez encore moins ; et cependant, c'est à ce dernier titre que vous publiez un écrit qui contient beaucoup moins d'interrogations, qu'une longue liste des torts que vous attribuez au gouvernement, car malgré tous les efforts, les ministres ne font encore qu'un avec lui. Combien il serait plus commode, pour les desseins des ennemis publics, de placer, seulement de nom, *le pouvoir exécutif* entre les mains du Roi, et de fait, dans celles des ministres ! Ce serait alors qu'ils pourraient, en attaquant ces derniers, attaquer et anéantir le pouvoir lui-même. Telle fut leur marche en 1789 : ils la recommencent, mais elle est connue. Daignez jeter les yeux sur mon ouvrage *de la Responsabilité des Ministres*, vous y verrez les tristes effets de cette marche infernale, et comment ils se renouvelleraient, si elle pouvait encore nous tromper.

J'espérais que du moins, continuateurs assidus de leurs complots contre la liberté publique, en ne cessant de dire qu'ils combattent pour elle, ils ne trouveraient d'appui que parmi les esprits superficiels ou peu éclairés, et cependant je vous vois vous y tromper. Il est quelques autres personnes avec vous qui s'y trompent ; comment peut-il se faire qu'une aussi vieille ruse ne soit pas découverte aussitôt qu'elle est mise en œuvre ? Les noms mêmes de ceux qui l'emploient encore, suffisaient pour vous mettre sur vos gardes ; vous deviez dire : *Timeo Danaos et dona ferentes* (1).

On vous a fait un reproche que je ne vous adresserai pas ; vous vous êtes soumis à une abnégation volontaire de votre belle imagination, en entrant dans la carrière aride et poudreuse des discussions polémiques. L'écharpe diaprée de la brillante Iris s'est évanouie, et des teintes sèches et sombres ont remplacé les riantes couleurs dont elle embellissait tous les objets : si du moins ce sacrifice avait été pour vous de quelque gloire, et pour nous de quelque utilité ; mais bien loin de là, et pour vous et pour nous, tout est perte. Supposons même

(1) *Je redoute les Grecs, même dans leurs présens.*

encore, qu'égaré par votre zèle, vous eussiez cru devoir élever la voix, où devait-elle se faire entendre? C'était assurément dans cette tribune autour de laquelle siégent notre haut baronage, vos pairs, nos magnats, les protecteurs héréditaires de nos droits et de nos libertés; n'est-ce donc pas ainsi qu'en a usé le noble pair, M. le comte de Lalli-Tolendal?

Le secret sagement imposé aux délibérations de la chambre des pairs, me semble proclamer hautement cette vérité: *Tout discours d'un pair livré par lui au public, est une protestation implicite contre le vœu de sa chambre.* Si cette espèce de protestation est licite, il n'est certes point toujours convenable de la faire. Mais que dire d'un écrit qui n'a pas le caractère de dignité qu'il aurait reçu par sa publication devant les pairs? qui n'est plus qu'une brochure échappée au mécontentement, aux passions sans doute, et qui fait désirer, pour l'honneur de l'écrivain, qu'elle n'eût pas même existé dans sa pensée?

Si ma conclusion vous paraît sévère, j'ai l'espoir de vous amener à sentir qu'elle est juste, par l'examen que je vais faire de votre ouvrage. J'en userai d'autant plus librement, que c'est vous qui êtes descendu dans la carrière où je suis moi-même, et que c'est moi seul qui n'y suis pas déplacé.

Un ouvrage entrepris avec un esprit de blâme doit, pour devenir excusable, être au moins fort de raisons et de faits. Le gouvernement n'a point adopté vos vues, et par conséquent vous êtes fort peu content des siennes; il n'y a là rien que de très-naturel. Votre exorde est un morceau oratoire véhément et travaillé avec soin; en discuter le fond serait inutile, puisque ce sont les questions auxquelles il vous amène, qu'il est essentiel d'examiner. Elles sont au nombre de trois.

« 1.° Comment le ministère, qui favorise » ou qui subit le système, a-t-il traité les » hommes et les opinions?

» 2.° Dans quel esprit a-t-il rédigé les lois?

» 3.° Quel caractère politique la chambre » des députés a-t-elle pris entre ses mains? Et » dans ses communications avec cette cham- » bre, le ministère a-t-il bien compris l'esprit » de la Charte? »

Je le dis avec vous : *voilà les trois points qu'il faut examiner*, et surtout la manière dont vous avez fait cet examen.

Obligé à tout moment d'employer vos propres expressions, et ne voulant pas, à chaque fois, être obligé de répéter ma profession de foi sur les termes *ministres* et *ministère*, je vous déclare solennellement que, pour moi et pour tous ceux qui tiennent de cœur aux principes de la monarchie française, et par conséquent à la Charte, ces mêmes mots signifient exclusivement *le gouvernement*, *le pouvoir exécutif*, et par conséquent, *la personne même du Roi*.

Vous dites sur votre première question, p. 9 : « La chambre des députés de 1815 déplut au » ministère qui s'était placé dans la minorité, » et qui crut, pendant quelque temps, qu'on » pouvait marcher de la sorte. Il s'aperçut » bientôt que la chose était plus difficile qu'il » ne l'avait d'abord pensé. L'ordonnance du » 5 septembre répara cette *petite* erreur. »

Les ministres n'étant point les élus de la majorité de la chambre, mais ceux du Roi, n'avaient pas contracté l'engagement de voter dans le sens de cette majorité. Quelle confusion d'idées et quel étrange abus des mots on substitue à ces vérités ! le ministère n'a point à choisir le parti avec lequel il votera ; il sait que le Roi doit gouverner pour faire le bonheur public, et c'est dans cette opinion qu'il doit perpétuellement se maintenir ; partout ailleurs ; il serait égaré de sa route. Son devoir était donc, fût-il même resté seul, de vouloir et de soutenir ce qui était l'avantage, si non de tous, au moins du plus grand nombre. *La majorité respectable aux yeux du gouvernement est celle du peuple.* La minorité de la chambre de 1815, convaincue de cette vérité et que le gouvernement la défendait de toute sa force, se réunit à lui et le soutint de la puissance de ses suffrages.

Je veux moins qu'un autre accuser la majorité de cette chambre, mais elle commit une erreur capitale, elle ne connut ni la position intérieure de la France, ni la disposition générale des esprits, ni la division réelle des partis, contenus et non détruits, ne demandant qu'à renaître. Eblouie par le sentiment de sa force, elle pensa qu'il lui suffisait de vouloir, pour que la même volonté régnât dans tous les esprits et amenât la soumission. Bien loin de là ! elle jeta l'effroi dans tous les cœurs, et les souvenirs qu'elle semblait garder, rendirent la défiance générale. Elle voulut trop et trop promptement, et ses volontés ne parurent pas assez désintéressées. *Tout ce qui est bon n'est pas expédient.* L'auteur *du Génie du christianisme* ne peut nier l'autorité de cette maxime.

La lutte ne pouvait qu'être violente, et elle le fut. Plus longue, elle fut devenue dangereuse, le Roi la termina par l'ordonnance du 5 septembre. La joie fut générale, donc cette majorité avait répandu partout l'effroi. Les éloges mêmes que certains écrivains lui ont donnés, prouvent qu'ils comptaient beaucoup sur elle pour faire très-mal le bien : les bonnes intentions ne suffisent pas seules. Ce tableau très-exact des faits, montre combien vous avez posé votre première question d'une manière insidieuse, et propre seulement à favoriser votre attaque contre le gouvernement. Il n'a donc point *commis de petite erreur*, vous seul en commettez une très-grande, car je desire pour vous que cela en soit une, mais alors il ne faut pas prétendre a éclairer les autres.

Le gouvernement en ayant mis fin à un combat dont la prolongation eût tout perdu, a pris et a dû prendre toutes les précautions possibles pour qu'il ne se renouvellât pas ; ne pas en user ainsi eût été imprévoyance ou faiblesse ; mais dans quel esprit vous êtes-vous chargé de remettre en style moderne les plaintes des mécontens de toute couleur qui, après le retour de notre grand Henri, s'écriaient que tout était perdu, parce que le trésor public et les places à donner ne pouvaient suffire à l'immensité de leurs prétentions. Je vous engage à méditer le récit naïf de ces doléances dont on tourmentait le Roi; et pour compléter l'exacte similitude, vous y verrez, comme de nos jours, plus d'un personnage comblé des bienfaits du monarque, crier à l'ingratitude. En effet, on assure que votre plume au lieu d'écrire des diatribes, n'aurait fait qu'acquitter une dette, en s'exerçant sur la bienfaisance royale, dont vous êtes personnellement la preuve. Rappelez-vous donc que c'est l'oubli des injures qui est de précepte, et non celui des bienfaits.

Plus déclamateur que logicien, vous reprochez au gouvernement de n'avoir pas suivi votre conseil; *faites des royalistes*, aviez-vous dit, *et l'on a mieux aimé faire autre chose*. La preuve que vous en donnez est assez plaisamment choisie. Pour faire des royalistes, il fallait employer la faveur et les grâces pour gagner les cœurs aliénés, la chose était toute faite pour les autres; fidèles dans le temps du malheur et sans espoir de récompense, trahiront-ils leurs principes, leur devoir dans ce moment? Non. Un véritable royaliste ne peut pas même y penser. On suit donc votre conseil, et l'homme dont vous nous faites le portrait, non-seulement obtient le pardon qu'il craignait de se voir refuser; mais en outre *des récompenses et des honneurs.* Bientôt..... *il n'est pas satisfait, et il ne le sera que quand il aura renversé la monarchie légitime.* Je conviens avec vous que le nombre des ingrats est fort grand. Si cela tourne comme vous le dites, et, à Dieu ne plaise que cela soit, ce serait votre faute, ce serait celle du mauvais conseil que vous avez donné, et qui a été suivi; car encore une fois, on ne pouvait essayer de faire des royalistes que de ceux qui ne l'étaient pas. Mais j'espère que malgré vos réflexions tardives, votre conseil aura une meilleure issue, et que, si en le suivant, on n'a pas pu faire naître la reconnaissance dans le cœur de cet homme, on lui aura du moins fait sentir que son véritable intérêt est de demeurer attaché au gouvernement protecteur; il le verra non-seulement fidèle à ses promesses d'oubli, mais même travaillant à ne plus voir que des Français, et opérant de fait et non en parole, une fusion indispensable au repos de tous.

Vous voyez donc bien que cette partie d'accusation n'est pas fortement tissue.

Si la peinture que vous faites du sort des royalistes était exacte, je vous répondrais que le plus pur de tous, au temps de Henri, celui qui avait exposé sa personne, sacrifié sa fortune, Sulli enfin, fut de tous le plus négligé, et le fut pendant long-temps. Cet oubli sembla porté à un point tel, que son cœur en fut amèrement affligé; lui-même nous le dit. Mais il n'écrivit point de diatribes, ne répandit pas les craintes, n'éveilla pas les soupçons, et sur-tout ne caressa point les chefs des mécontens, ni leurs fougueux orateurs.

Et vous, M. le vicomte, avez-vous fait tout ce qu'il fit?

On triomphe néanmoins, parce que tout marche encore paisiblement. Ce n'est pas votre faute, car vous sonnez l'alarme de manière à empêcher les esprits de se tranquilliser. Vous excitez les royalistes au mécontentement; vous éloignez les autres d'un retour sincère, en leur faisant craindre que l'on n'y ajoute pas foi, et vous semez ainsi entre tous la défiance.

Si j'avais à présenter une preuve irrésistible de ce que je viens d'avancer, je citerais textuellement vos pages 17, 18, 19 et 20. Il n'y a rien de mieux disposé pour produire l'effet que j'ai annoncé. Mais en épargnant la longue citation à mes lecteurs, je ne vais pas moins m'en livrer à la discussion de ce qui y est contenu. Cela se réduit aux propositions suivantes; elles auront perdues tous leurs attraits, car j'ai substitué mon style au vôtre, mais on les jugera mieux. Ainsi donc : *on tourmente, on éloigne les royalistes, on protége, on caresse ceux qui ne le sont pas*. Pensez donc que c'était là votre conseil. *Des brochures ont été publiées dans le vieil esprit révolutionnaire. Elles ont réveillé les haines contre la noblesse et la religion*. J'appartiens à la première et je vénère la seconde; aussi trouvai-je assez déplacé que dans une discussion politique vous ayez inséré les paroles qui annonçaient le jugement de rigueur prononcé par la divinité contre la nation juive. Vous avez commis une grande inconvenance. Vous êtes trop au fait des événemens qui se sont passés, pour que vous puissiez ignorer qu'ils sont nés de la malheureuse disposition des esprits. Cette pente qu'ils avaient vers les idées..... dirai-je *philosophiques, libérales, révolutionnaires* ou *indépendantes*, car tout cela est synonime? cette pente ne peut être anéantie, elle ne l'est pas. Les vétérans de la révolution, qu'elle n'a pas dévorés, nous seront très-bien représentés par les fanatiques de la ligue, qui sous le meilleur des rois ne cessaient de rêver complots.

L'absence de toute religion pendant beaucoup d'années a laissé croître une génération entière dans l'indifférence la plus absolue pour les idées religieuses, elle est dans l'âge de la force, c'est elle qui peut s'occuper le plus activement d'idées politiques; elle les considérera donc seulement dans son intérêt civil et nullement d'après des principes religieux qu'elle ne connaît pas, et que ses premiers regards ont vu repousser. La révolution n'aurait point eu lieu si la religion catholique avait été dominante de fait comme elle l'était de droit, car la soumission au monarque est de dogme. Le Français est vaillant, et dans cette nombreuse génération dont je vous parle, il existe un grand nombre de guerriers fiers de la gloire de leurs armes, accoutumés à des triomphes dont ils dédaignaient de calculer le prix, quoique ce fût leur sang; le repos où ils se trouvent leur pèse, ils sont prêts à s'en indigner. La prudence me force à supprimer d'autres élémens de dissidence; j'abandonne à votre réflexion le soin de les reconnaître.

Le gouvernement n'ignore point que l'un des plus emportés du parti, écrivait, il y a vingt ans à-peu-près, pour éloigner tous les esprits de la *légitimité*. Un des argumens auxquels il semblait s'attacher de préférence était que le pardon serait feint et la vengeance certaine ; que l'amnistie serait bientôt violée, et les persécutions violentes. Il est bien important que l'évènement en fasse un faux prophète; c'est le moyen de discréditer ce qu'il pourrait dire encore, et c'est à quoi la sagesse du gouvernement travaille sans cesse; et vous, pendant qu'il ne cherche qu'à éteindre l'incendie, vous battez le briquet dans un magasin à poudre; ce n'est pas la fonction dont il vous a chargé.

La loi des élections devient aussi l'objet d'une satire passablement amère, car vous accusez le gouvernement de n'en avoir pas même calculé les résultats. Ici les principes et les faits sont contre vous, c'est jouer de malheur.

Tout ce qui avait un état dans les Gaules était divisé en deux classes, les druides et les chevaliers; ce terme n'est pas ici employé comme désignation de noblesse. Celui de *nobiles*, les nobles, ne se trouve guère qu'après l'invasion des Francs. Les deux classes étaient appelées tout entières à la décision des affaires publiques. La troisième, *plebs*, y demeurait étrangère. Lors de l'affranchissement des communes, celles-ci devenues riches firent partie des délibérations publiques, la propriété y donnait droit.

Dans la révolution, le prix de trois journées de travail, payé comme imposition, rendait apte à délibérersur les grands intérêts de l'état. La loi des élections a confié au moins ce soin à ceux qui payant trois cents francs, sont par-là même considérés comme ayant un intérêt direct au meilleur ordre de choses et à la prospérité générale. Resserrer dans des limites plus étroites le nombre des votans, aurait été altérer les anciennes coutumes, et remettre à un petit nombre de mains le soin des délibérations. La chambre des députés n'eût été, comme celle des communes en Angleterre, qu'une olygarchie. Un autre motif non moins puissant militait encore pour que cette chambre tînt de la démocratie; c'était l'époque d'où nous sortions, dans laquelle la masse de la population avait été appelée à prendre part au gouvernement.

Cette même population, je vous ai fait voir plus haut ce qui la composait, il est donc naturel qu'elle ait cherché à se porter vers ses anciennes habitudes; mais le cri du gouvernement a été entendu, il était celui de la prévoyance et non celui de la détresse, il eût manqué à ses devoirs s'il ne l'eût pas poussé. Croyez-vous que le lendemain d'une tempête violente on puisse voir la mer sans de fortes vagues?

Si les mesures ont varié d'une année à l'autre, n'est-ce pas aux imprudences, à l'exaltation de certaines personnes qu'il faut attribuer ce changement? Sous le prétexte d'améliorer les mesures proposées par le gouvernement, n'en a-t-on pas rendu l'exécution impraticable ou dangereuse, et, ne cessant de crier *à la violation des principes*, n'a-t-on pas mis dans l'impossibilité de leur rendre la portion d'hommage qui pouvait leur être rendue sans danger? Ces turbulentes déclamations, quel a été leur funeste effet? celui d'alarmer même sur les mesures proposées, et tandis que d'un côté on les nommait une *exigue réparation* des maux faits, on les taxait de l'autre de prodigalités déplacées, et presque d'une spóliation de la fortune publique.

L'injustice du blâme a provoqué celle de la résistance. On a malheureusement perdu de vue qu'un bon père de famille doit connaître et ménager tous les caractères et tous les intérêts de ses enfans, et si par malheur quelques-uns d'eux ont cruellement blessé les autres, si un grand scandale a été commis, ce n'est pas par la rigueur des principes qu'il ramènera la paix ; s'il sacrifie une portion de sa famille à l'autre, il n'a pas rempli les devoirs d'un bon père mais d'un juge, il aura détruit sa propre maison en la divisant.

J'ai mieux aimé fixer votre attention sur l'examen des principes, que de vous poursuivre dans toutes vos phrases pour montrer l'amertume, et l'insidieuse adresse de leurs tours. Il est tout simple qu'écrivant dans une disposition d'esprit que vous vous reprocherez cruellement un jour, vous ayez employé des expressions ironiques, virulentes mêmes; et par conséquent qui, déplacées sous la plume de tout autre écrivain, ne sont pas, sous la vôtre, exemptes de toute culpabilité. Vous avez, en employant de telles armes, été cause que l'on s'en est servi contre vous, avec d'autant plus d'avantage, que vous étiez à découvert par une foule de côtés : je n'en use pas de même; c'est le fond des choses qui, dans cet ouvrage, pourra vous déplaire, mais non pas les expressions.

DEUXIÈME QUESTION.

Dans quel esprit a-t-il (le ministère) *rédige les loix?*

Voilà votre seconde question telle que vous l'avez posée, et parfaitement semblable à la manière dont elle découlerait de la plume d'écrivains dont vous avez long-temps combattu les principes politiques et blâmé la conduite publique.

D'où peut donc venir un si grand changement? De ce que vos inimitiés personnelles vous ont fait confondre *les personnes* avec *les choses*.

Les ministres étant uniquement les mandataires du Roi, c'est le monarque seul qu'il faut voir dans les propositions de loi; nous n'en avons pas moins le droit d'examiner très-sévèrement un projet, car c'est un droit inhérent à notre qualité de Français. Pour que ce projet soit converti en loi, il faut que j'y donne mon consentement; donc il faut que je l'examine, que je le discute. La liberté de la presse n'est que la confirmation de ce droit, dont l'exercice légal est délégué aux chambres.

La loi des élections, celle du recrutement, et enfin celle d'exception des journaux, sont celles que vous soumettez, je ne dis pas à votre critique, car vous avez le droit de rejet ou d'opposition, mais au blâme le plus amer, à des déclamations outrées et dépourvues au fond de justesse; M. le vicomte, on n'éclaire point avec la lueur des torches incendiaires.

De ce que la loi des élections a été vivement attaquée, de ce que vous déclamez contre elle, il ne s'ensuit pas que l'esprit qui a présidé à la rédaction du projet ne fût très-bon, d'une très-sage politique et d'une bienveillance paternelle très-éclairée.

Pour juger sainement de *l'esprit* dans lequel un projet de loi a été rédigé, il faut se mettre dans la position de celui qui en est l'auteur, voir quelles ont pu être ses vues ultérieures et ses intérêts présens. Or, le gouvernement veut la réunion des esprits et la fusion des intérêts, sans laquelle il n'y aura jamais de réunion sincère et durable; et comme il me semble aujourd'hui pénétré de la vérité de ce principe, qui était celui de Sulli, qui ne s'en écarta jamais, et celui de Louis XII, qui n'eut pas toujours la force de s'y conformer, de ce principe qui veut que *tout soit fait pour la masse du peuple*, sans respect pour les intérêts particuliers, il s'ensuit que le gouvernement a rédigé le projet de loi dans le dessein de concilier la plus grande masse des intérêts possibles. Si la loi a ce caractère, elle est bonne, sage et d'une utilité générale. Examinons ces points.

On convient unanimement qu'il faut mettre les institutions politiques d'un peuple dans le rapport le plus exact qu'il soit possible avec ses mœurs, ses habitudes et son caractère national.

Je me répéterai le moins que je le pourrai, mais vous vous êtes renfermé dans un cercle très-étroit, il faut que je vous y suive. La convocation des états-généraux, en 1789, fut conforme aux anciens principes, mais la délibération par tête, et non par chambres, en fut une violation. Depuis 1302, époque bien constante de l'introduction *du tiers* dans les assemblées générales du royaume, jamais les délibérations n'avaient eu lieu que par chambres, et la raison voulait qu'il en fût ainsi.

Mais, dans l'état où le Roi trouvait la France au moment de *la restauration*, il fallait user d'une sage lenteur pour ramener vers les principes, et sans les abandonner, ne pas blesser les esprits en en faisant l'application. La loi sur les élections n'a donc été présentée que dans la session de 1816. Il y avait deux extrêmes à éviter : le premier était de tomber dans *l'olygarchie*, le second, de tomber dans une *démocratie anarchique*. Les raisons pour éviter l'olygarchie sont très-nombreuses, et je m'arrêterai uniquement à celles qui tiennent de plus près à mon sujet. En premier lieu, de toute antiquité, c'est-à-dire dans les républiques gauloises des Belges, des Eduens et des Séquaniens, tout ce qui n'est pas *plebs* prend part à l'administration des affaires publiques (1). L'invasion des Francs se fait, et néanmoins, après que la fusion des peuples s'est effectuée, vous retrouvez la même forme de gouvernement et de délibération dans les *placita* ou parlemens généraux du royaume. Les Francs s'y font seulement distinguer par la dénomination de *nobiles*, ou *maxime nobiles* (1); mais tous y délibèrent en commun, et les votes y sont individuels. Concluons de là que cette

---

(1) *De republica nisi per consilium loqui non conceditur.* César, liv. 6.

(1) Baluze, tom. 1er, pag. 698.

forme appartient au caractère national, et qu'il était indispensable de le respecter.

La *démocratie* anarchique fut appelée par ceux qui avaient renversé le trône, au secours de leur révolte. En payant moins de cinq francs d'impôt, on avait l'aptitude nécessaire aux fonctions les plus importantes. Donc personne n'étant écarté, tous prirent le goût, l'habitude d'être quelque chose dans l'Etat ; il est difficile de renoncer à sa propre importance bien ou mal acquise et bien ou mal employée ; il a donc fallu, en usant d'une indispensable restriction, ne pas porter celle-ci trop loin. Telle est la loi, tel est l'esprit qui l'a dictée : il est éminemment constitutionnel et français ; il est, en outre, d'une sage appropriation à nos habitudes actuelles. Vous le blâmez, cependant : pourquoi ? Le voici.

Les richesses font naître l'amour du pouvoir, elles donnent le désir des places et des honneurs. Quel est, d'ailleurs, l'homme qui ne prend pas son ambition pour des talens ? Riches anciens ou nouveaux, nobles ou autres, tous, ou du moins le très-grand nombre, a dû désirer de se jeter dans une carrière honorable, brillante, et que l'on a pu espérer de se rendre utile ; mais sans trop peser sur ce dernier motif, on a vu que l'on y acquérait de la considération.

Diminuer le nombre des concurrens, c'est acquérir des chances en sa faveur; par conséquent, en restreignant le nombre des électeurs, il était plus facile de réunir sur soi les suffrages, et de là sont venus tous les efforts que l'on a faits pour s'opposer à la loi. Le gouvernement a dû résister de toute sa puissance, car la chambre des pairs est une olygarchie héréditaire, et en admettre une élective, eût été altérer toutes les bases de notre antique édifice social; l'un des maux qui se fût fait sentir le plus promptement, aurait certainement été de ne pas rattacher à la chose publique le plus grand nombre des intérêts, des personnes, je dirai plus, des passions mêmes.

Vous avez malheureusement, sans faire aucune de ces réflexions que je crois décisives, épousé le système de ceux dont l'ambition n'a pas été satisfaite; c'est un très-grand malheur, car vous êtes homme public, et si vous en étiez resté là, on vous aurait plaint de n'être pas plus éclairé; mais descendant de la tribune où vous avez le droit sacré de vous exprimer devant des juges compétens, vous vous réduisez à jeter dans le public une brochure qui....

Je n'acheverai pas, mais quelle qu'elle soit, elle n'est pas l'œuvre d'un ami de la paix : ainsi, jugez-vous.

Les tentatives pour obtenir deux degrés d'élections ne mériteraient pas que je m'y arrêtasse, si à l'exemple de tous ceux qui veulent intéresser la multitude à soutenir leurs intérêts privés, on n'eût pas employé des moyens indignes de ceux qui les ont mis en usage. Que voulaient-ils? Parvenir plus sûrement aux places. Que faisaient-ils? Semblables aux Gracques, ils avançaient qu'ils ne travaillaient que pour faire obtenir à la multitude des droits dont on la voulait priver. Eh! M. le vicomte, le bonheur de la multitude, c'est le repos. Jamais la ruche ne montre plus d'activité et ne donne des produits plus abondans que quand nul orage au dehors, nul insecte ennemi au dedans, ne trouble l'ordre général. Au moindre ébranlement, plus de travail, plus de prospérité. Depuis qu'il n'y a plus de privilégiés, celui qui, dans une commune, a le plus grand intérêt à la moindre imposition, est celui qui paie l'imposition la plus forte. Il sera donc, je le dis en thèse générale, celui qui saura faire le meilleur choix dans son intérêt. Les ambitieux et les factieux sont des gens qu'il faut également écarter. Les royalistes qui se sont éloignés des élections, vous vous bornez à dire *qu'ils ont tort;* l'expression est douce : ils sont coupables. Dans un gouvernement représentatif, ne pas exercer la fonction d'électeur, c'est *trahir la patrie,* c'est manquer au serment de fidélité fait au souverain. *Je vous serai aide fidèle par conseils ou secours*, disaient nos pères (1) : c'est ce qu'ils faisaient et à quoi nous sommes plus strictement obligés que jamais, puisque la Charte, rétablissant nos formes antiques, nous recouvrons nos droits et devons remplir les mêmes devoirs.

Le vote par procuration n'ayant pas lieu chez nous, la maladie ou le service public sont les deux seules causes légitimes d'absence. Eh quoi! l'irritation d'un orgueil blessé de ne pouvoir emporter les suffrages à coup sûr, doit-elle éloigner de l'assemblée qui, par ses choix, ébranlera ou consolidera la monarchie? Qui ne voit pas que c'est une victoire que d'avoir empêché un mauvais choix? Vous êtes royaliste, et vous vous montrez moins courageux pour garder le trône que les autres pour

---

(1) *Et consilio et auxilio fidelis adjutor ero :* Serment des sujets à Chiersi, 858, Baluze, t. 2, p. 99.

l'attaquer. Ces gens là sont impassibles, ils ne connaissent aucune affaire, ne sentent aucun besoin, le sommeil fuit de leurs yeux, ils n'ont qu'une pensée, un but, un homme; ils le feront triompher. Le colosse que vous avez ensuite à abattre, est votre propre ouvrage; ce sont les prétentions, les petites rivalités de fortune ou de nom; des liaisons, des alliances, mille autres motifs tous aussi petits, plus petits même, qui ayant éparpillé vos suffrages, ont fait d'un pygmée un véritable géant. Jusques à quand n'y aura-t-il donc point de véritable esprit public?

Ainsi donc, en prononçant que ces royalistes sont coupables, je ne suis pas sévère, mais juste. Et vous, M. le vicomte, comment tombez-vous dans une erreur aussi malveillante que celle d'accuser le gouvernement d'impéritie dans cette loi, et de variations de principes dans l'exécution de la loi, quand les principes constitutionnels antiques et la saine politique exigeaient un tel projet, et que le gouvernement, toujours surveillant, a averti la majorité de l'abus que le petit nombre voulait faire de la loi? Je ne vois qu'une ligne droite fortement tracée entre tous les partis, et comme elle ne s'approche d'aucun, que leur déplaisant à tous, qui ne veulent pas s'approcher d'elle, réellement tous cherchent à la détourner de sa juste direction.

La loi du recrutement est la seconde de celles sur laquelle porte votre blâme, car nulle part vous ne vous êtes mis dans la position d'un critique impartial, et par-tout vous prononcez que tout est mal. D'abord, selon vous, *le projet de loi viole ouvertement plusieurs articles de la Charte*. Une inculpation aussi grave valait bien la peine d'être prouvée, et il eût été indispensable de placer en opposition et les articles de la Charte et ceux du projet. Il eût été possible alors de vous répondre, et de discuter la valeur de vos allégations. Comme vous n'en avez pas agi ainsi, il faut vous suivre sur le terrain où vous vous êtes développé; mais auparavant je vous ferai observer que du moins au nombre des articles de la Charte que vous assurez avoir été violés par le projet de loi, n'est pas l'article 3 de cet acte constitutionnel, il dit :

Ils (les Français) *sont tous également admissibles aux emplois civils et militaires*.

Le projet de loi n'est que le développement de cette règle fondamentale; vous l'avez tellement senti, que vous vous êtes jetté dans le vague, ce qui est très-commode, et vous n'avez précisé d'accusation que sur *le mode d'avancement, il dépouille la couronne de sa plus belle prérogative.*

Il est naturel qu'au moment où le principe contenu dans l'art. 3 établit un nouvel ordre de choses, c'est-à-dire l'admissibilité *de tous* à tous les emplois, que la manière d'y être promu éprouve aussi des changemens proportionnels. Une ordonnance est un simple acte d'administration qui peut n'être pas, ou être suivant le changement de la volonté du gouvernement; par conséquent une ordonnance n'offre pas le même caractère de stabilité qu'une loi, puisque celle-ci est le résultat de toutes les volontés législatives de l'Etat, et ne peut être changée que par leur concours. Jusques au ministère du maréchal de Ségur, il n'existait aucune loi prohibitive qui écartât des emplois militaires ceux qui n'étaient pas nobles. Cela était à la vérité par le fait; mais on commit, sous le mieux intentionné des rois, toutes les fautes les plus capables d'aliéner de lui les cœurs. On ne put pas obtenir de brevet d'officier à moins d'avoir quatre degrés de noblesse; cet ordre n'est pas le seul qui soit éminemment belliqueux, et la plus forte partie de la nation française perdît l'espoir de s'illustrer par les armes.

Je conçois qu'un mode d'avancement dans lequel les sollicitations, la faveur, le nom et la fortune ne peuvent servir à rien, doit entièrement déplaire à ceux qui pourraient employer tous ces moyens. Il est tout simple qu'ils désirent conserver à la couronne une prérogative qui serait très-probablement une chance avantageuse pour eux. Le gouvernement ne méconnaît pas les intérêts particuliers, mais il a raison de vouloir s'occuper de préférence de ceux qui sont généraux, et c'est ce qu'il fait. Lorsqu'il a recommandé *l'oubli du passé*, il a certainement entendu parler aussi de l'oubli des temps où la monarchie était devenue absolue. Ce fut cet état de choses qui produisit la révolution, et s'il montrait le moindre penchant pour lui, il la ramènerait plus cruelle. L'état de la monarchie avant 1789 était une dégénérescence complète, un abandon total des principes constitutifs de notre ancien ordre social; conserver des regrets, former des vœux, c'est vouloir l'impossible, c'est désirer la révolte contre la légitimité, c'est appeler l'annéantissement de la France; il faut la Charte, telle qu'elle est et non comme vous l'interprêtez. Comment ne frémissez-vous pas en voyant que tous vos commentaires sont littéralement ceux des vieux ennemis *de la légitimité*, et même de la royauté, de gens qui ne rêvent que le désordre?

Faites taire les passions, appaisez ces tempêtes qui bouleversent votre ame, saisissez cet instant de calme pour entendre le cri de votre conscience, comparez vos actions avec vos devoirs, vos pensées avec les préceptes de la morale; je ne vous parle pas de ceux de votre religion, vous seriez épouvanté. Prenez bien garde que je n'écris pas ceci à un pair de France, mais à l'auteur d'un pamphlet bien funeste, et que c'est vous qui avez de vos propres mains posé cette barrière.

Le troisième objet de vos lamentations, *c'est la loi d'exception* qui met les journaux dans la dépendance du ministère. Vous la nommez *une triste loi* et j'adopte votre dénomination, mais dans un sens bien opposé au vôtre. Vous la nommez ainsi, parce qu'elle ôte aux furieux de toutes les opinions un moyen journalier et peu coûteux d'inonder le sol de la France du déluge de leurs poisons : moi, je la nomme triste, par cela même qu'elle me certifie l'existence de ce danger. Quoi! trente ans d'une douloureuse expérience de tous les fléaux n'ont servi à rien? Je savais bien que les chefs de parti peuvent être vaincus, mais non pas changés, c'est pour eux qu'un abîme en attire un autre; mais j'espérais que hideux colosses, épouvantables à tous, désertés par tous ceux qu'ils égarèrent, ils seraient accablés de leur profonde solitude, et que l'air seul retentirait des cris de leur impuissante fureur! Il n'en est pas ainsi.

Le gouvernement l'a vu, la chambre des députés en a été convaincue en 1814, celle de 1815 a partagé cette opinion, elle a donc prorogé la loi d'abord plus générale, et l'a restreinte aux journaux. L'initiative de cette mesure plus douce appartient au gouvernement; en effet, le moyen le plus simple de signaler les dangers réels, c'est de n'en point créer d'imaginaires. Il eût cependant été très possible d'accumuler les raisons les plus fortes pour aller au-delà, il ne l'a pas fait; il faut donc en conclure qu'un esprit de modération dirige ses actes, vous y voyez le contraire, les faits témoignent contre vous.

Il est vrai que vous essayez, lorsqu'ils vous gênent, de les arranger un peu plus favorablement pour le système qu'il vous convient aujourd'hui de soutenir; de l'adresse n'est pas de la raison. Il est utile de donner un échantillon de votre manière de procéder.

Si les deux chambres (p. 22), *dans des circonstances aussi graves, ont cru devoir accorder une repression temporaire de la presse, sied-il bien au ministre qui demande cette répression, de le leur reprocher aujourd'hui? et parce qu'elles ont voté alors pour la censure, sont-elles obligées de maintenir cette même censure lorsque les circonstances ont changé?*

Rétablissons les faits : des voix se sont élevées contre la demande que le gouvernement faisait d'une nouvelle prorogation de la loi d'exception relative aux journaux. Ses organes auprès des chambres ont dû nécessairement mettre en usage tous les argumens qui militaient en faveur de l'opinion qu'ils avaient à soutenir. Les mêmes personnes qui avaient voulu la censure alors, la rejetaient aujourd'hui, on a donc dû leur dire : Si présentement vous dites que vouloir la censure est un tort, songez donc que ce tort est le vôtre, car c'est vous qui l'avez voulu dans l'origine. Certes ce n'est pas là faire un reproche de la volonté passée, mais un argument contre le défaut de volonté actuelle.

En effet, les circonstances étaient-elles changées? vous l'affirmez sans le prouver, sans essayer d'aborder la question; moi j'affirme le contraire, et je vais en donner les preuves; mais pour abréger je dois joindre encore un peu de votre texte, pour n'en former qu'un seul objet d'examen et de discussion.

Nous refusons la censure aujourd'hui précisément parce qu'on l'a accordée hier. Vous ne nous donnez pas ce petit adage comme un modèle d'une vigoureuse logique. *Et parce que n'étant plus utile au salut de l'État, elle ne sert que les passions d'une autorité qui en abuse.* Ceci est vraiment plus grave, le mal est que cela ne vous ait pas paru digne d'être prouvé. *Comment se fait-il que la liberté des journaux soit réclamée et par ceux qui pensent qu'elle est indispensable dans un gouvernement représentatif et par ceux qui la tienne pour dangereuse? — Cela vient de l'abus que l'on a fait de la censure.*

Que d'accusations contenues dans ce petit nombre de paroles! il m'en faudra davantage pour montrer leur futilité. Vous avez bien mis en œuvre cet axiome si moral : *accusez toujours, au moins la trace restera.*

Ainsi d'après vous la censure ne sert plus

que les passions de l'autorité qui en abuse, elle n'est plus utile au salut de l'Etat. Ainsi les étrangers ne sont plus sur notre terrain ; ils n'occupent plus nos places les plus fortes, et les clefs de notre territoire ; le trésor public a satisfait à toutes les charges accablantes dont il était surchargé ; plusieurs années fertiles ont rempli les granges et les celliers du cultivateur, qui a pu aisément satisfaire aux impôts ; nos colonies enrichissent le commerce de la mère-patrie par des exportations multipliées et des retours qui ne se font point attendre ; les partis n'ont qu'une seule direction, celle de l'amour du trône ; notre armée est nombreuse et exercée ; nous n'avons plus à craindre qu'une expression imprudente, ou même échappée à la malveillance d'un écrivain isolé, puisse troubler nos rapports diplomatiques et servir de prétexte à des jalousies ou des intérêts étrangers ; le bon est seul accueilli généralement ; les libellistes ne trouvent plus le débit de leurs poisons, le mépris est tout ce qu'ils recueillent de leurs ouvrages ; *le salut de l'État*, étant donc aussi assuré, il n'y a que la pitoyable obstination d'une passion aveugle qui puisse faire désirer au gouvernement la durée de la mesure.

La liberté des journaux est réclamée par ceux qui la tiennent pour dangereuse ; la raison que vous en avez rapportée n'était pas réelle en fait, je dois donner celle qui est véritable. Nous ne pouvons nous dissimuler qu'il n'existe rien complètement encore de *ce qui fait le salut de l'État.* Beaucoup de choses sont commencées, mais rien n'est entièrement terminé, car le mal se fait plus vîte que le bien. De fortes résistances sont apportées de tous côtés, il en existe même où le gouvernement n'aurait dû trouver que de l'appui. Vous le savez mieux qu'un autre. Ces résistances sont les plus douloureuses pour lui ; il avait prévu et calculé les autres. Il semble que vous et ceux qui avec vous demandent la liberté illimitée des journaux, quoique vous sachiez et quoique vous disiez qu'elle est dangereuse, vous ne vouliez que redoubler non-seulement les embarras du gouvernement, mais même l'entourer de périls et rendre son action nulle.

Ces royalistes qui ont déserté les élections, ou ce qui est pis encore, ont favorisé des choix contre lesquels vous vous récriez si justement, ont écouté leurs passions et non leurs véritables intérêts, ils nous ont donné une nouvelle représentation de la funeste nuit du

4 août 1789. Quoi! cette épouvantable leçon a été perdue pour eux? Qu'ils voyent donc que les acteurs de cette scène de délire en furent les premières victimes. Si l'on veut éclairer, la liberté actuelle de la presse est plus que suffisante; elle est même portée au point de pouvoir incendier. Jugez-en, on vient d'imprimer que : *le pouvoir est une agence d'oppression et de rapine.*

La puissance d'un ministère est bornée à ces trois modes d'action, piller, vendre, ou persuader. Dans tous les pays ou la civilisation est avancée, les hommes peuvent se juger, s'administrer, se donner des lois eux-mêmes, et finalement le gouvernement presque tout entier est une susperfétation. (1).

Vous conviendrez que le meilleur temps du père Duchesne et de Marat n'a pas produit de plus belles choses, plus destructives de l'ordre social, de la légitimité, de la royauté et même de la paix publique. J'ai donc eu raison de vous dire que les chefs de partis ne changeaient jamais. Combien il serait commode d'avoir un journal, et il y en aurait un

---

(1) 6me vol., le Censeur européen.

grand nombre, qui pût chaque matin infecter de nouveau les esprits !

Oserez-vous dire encore *que le salut public n'est point en danger.* Ne se forme-t-il pas des coalitions d'auteurs pour publier de semblables recueils, ils y attachent leurs noms. Faites donc un loyal usage de vos talens, ne restez pas l'auxiliaire de ces doctrines pestilentielles et cessez de réclamer pour elles un nouveau moyen de nuire; et si vous avez réfléchi sur l'action rapide d'un journal, proclamez hautement l'utilité et la sagesse de la prorogation de la loi de la censure à laquelle ils sont soumis.

Mais, direz-vous, l'Angleterre et le royaume des Pays-Bas n'y sont point assujettis, et l'on ne voit pas que l'ordre social en soit troublé. Cette objection unique mérite une discussion assez étendue, et je vais vous la présenter.

Il faut mettre dans cette discussion un peu plus de véritable philosophie que l'on n'en trouve dans toutes les déclamations dont on nous fatigue. Les siècles n'apportent pas plus de changemens dans le caractère d'une nation que dans les bases de ses montagnes et dans le cours de ses fleuves. Comparez ce que César disait des Gaulois, avec notre manière d'être actuelle, et prononcez, si vous le pouvez, sur les différences. *César craignant la légèreté des Gaulois, parce qu'ils sont changeans dans leurs desseins, et qu'ils aiment presque toutes les choses nouvelles, ne pensa pas devoir leur rien confier. C'est la coutume des Gaulois de forcer les voyageurs à s'arrêter, et ils les contraignent à leur raconter ce que chacun d'eux a pu entendre dire. Dans les villes, le peuple entoure les marchands et les oblige à leur raconter ce qu'ils ont appris dans les pays d'où ils viennent. Troublés par ces récits, les Gaulois délibèrent sur les choses souvent les plus importantes, et bientôt ils ont sujet de s'en repentir, puisqu'ils se fient à des bruits incertains, et que pour leur plaire, on leur a souvent raconté des choses fausses.* (1)

Un trait encore : au bruit de cette double victoire, *toutes les villes ouvrirent leurs portes ; en effet, le courage des Gaulois s'enflamme aisément pour entreprendre des guerres, aussi leur esprit sait-il moins résister aux revers.* (2)

Depuis le temps où ce guerrier, où cet écrivain philosophe portait ce jugement, le nom-

---

(1) Livre 4, § 5.
(2) Livre 2, § 19.

bre de nos victoires est tel qu'il serait difficile d'en faire le calcul, mais celui de nos retraites sages, mesurées, redoutables à nos ennemis le serait beaucoup moins. J'ai prouvé suffisamment que le caractère national ne s'altère point ainsi; cette mobilité, cette subite exaltation dont César nous accusait, peuvent de nos jours nous procurer de longs repentirs; et des mesures qui nous les épargnent, si elles ont quelques contradicteurs, doivent réunir le plus grand nombre de suffrages.

Si donc la liberté illimitée des journaux a été adoptée en Angleterre, c'est que le caractère national s'y prête sans danger, et cependant il n'est pas difficile de montrer qu'elle n'y est pas exempte de tout péril. Peu d'années s'écoulent sans que sur quelques points il n'y ait des rassemblemens que la force publique est appelée à dissiper. Les magistrats sont forcés de faire lire la loi martiale et souvent la troisième proclamation est nécessaire pour dissiper la foule; elle sait qu'un instant après l'ordre de faire feu sur elle serait donné. Une législation plus philosophique serait assurément celle qui préviendrait l'emploi d'un remède aussi violent.

L'Angleterre, entourée d'une barrière que

ses flottes rendent insurmontable, repousse de ses ports ceux qui lui causent quelques soupçons et n'a point à craindre que ses agitations intérieures soient alimentées par des ennemis venus du dehors. La force du pouvoir y est tel, l'attachement à la constitution y est si vrai, que trois à quatre cents pétitions revêtues de plusieurs milliers de signatures, n'ont pu détourner la chambre des communes de sa direction constitutionnelle. Elle n'a pas cru qu'un *gouvernement représentatif, fût celui de l'opinion publique*. Une aussi heureuse découverte était réservée à quelques-uns de nos publicistes.

Le gouvernement anglais a-t-il lieu de s'inquiéter du mal que peuvent faire les journaux quand il voit que des pétitions, légales réclamations, sont écartées sans troubles, sans que la chose publique soit un instant en péril? Bien loin de là, ces mêmes journaux sont une des sources qui alimentent le trésor public, et le *Morning Chronicle* consomme tous les ans six à sept cents mille feuilles dont il paye le timbre pour les remplir des clameurs de l'opposition.

C'est dans ce même esprit que l'on punit le rédacteur d'un journal par plusieurs années de prison en lui laissant continuer son ouvrage. Celui du *State's man*, renfermé dans la prison de *King's Benck* pour ses calomnies, y blâme tout ce que le gouvernement fait sans que l'action de celui-ci en soit arrêtée. C'est donc en vain que l'on voudrait s'appuyer d'exemples qui ne nous sont point applicables, puisque c'est notre caractère, nos habitudes et sur-tout notre position continentale qui y répugnent si ouvertement.

Ces apperçus, car ce que je viens de dire ne doit être considéré que de cette manière, doivent vous fournir matière à de nombreuses réflexions. Je veux vous ramener sur l'effet que produisirent, depuis 1789 jusqu'en 1792, les journaux que les factieux répandaient tous les matins dans les départemens. C'est-là qu'ils produisaient le plus grand mal. Il y avait cependant des écrivains remplis des meilleurs principes, et qui dévoués à la défense de la bonne cause, cherchaient à éclairer le peuple sur ses véritables intérêts, et à lui montrer le précipice daus lequel on l'entrainait. Il repoussait ces sages écrits, ne daignait pas les lire, se jetait avec avidité sur ceux qui enflammaient ses passions. On désignait ceux qui recevaient les bons écrits; on se préparait à leur en faire un crime, à n'y voir bientôt qu'un titre de proscription. Le mensonge était reçu avec une joie délirante, on injuriait la vérité. On n'est pas éclairé parce que l'on sait lire, et par-tout le nombre de ceux qui réfléchissent a toujours été le plus petit. Après de tels exemples et si récens, prétendrez-vous encore que vous voulez le bien, en livrant la multitude aux empoisonneurs. Comme si ce n'était pas déjà trop, vous vous joignez à eux; vous les imitez en répandant des brochures nuisibles; aveuglement des passions! Ce n'est point assez pour vous de vouloir être l'investigateur assidu des fautes du gouvernement, vous lui en supposez; pourquoi sans cela vous énorgueillir comme d'un fait héroïque, de la révélation faite par vous à la chambre des pairs d'un traité entre la France et la ville de Hambourg. La Charte ne prescrit point la communication des actes diplomatiques, et ce qui n'est pas dû ne doit point être fait, ne fût-ce que pour éviter de donner naissance à des prétentions qui bientôt se nommeraient elles-mêmes *un droit*. Est-ce bien loyalement que vous changez l'acte d'une autorité prudente en celui de son mépris pour les administrés, et que vous tracez cette phrase bienveillante : *nous ne valons pas la peine d'être instruits de ce qui nous touche*.

Le génie du mal balancé sur ses aîles de

chauve-souris, voltigeait au-dessus de votre tête, lorsque vous traciez cette phrase, il souriait à sa conception. En effet, quelle autre destination lui avez vous pu donner, si ce n'est de mécontenter les esprits sans aucun motif réel.

N'ayant pas comme vous l'espoir de voir lire mes longues répétitions, je ne dois pas m'arrêter sur les vôtres, et ne parlerai que brièvement de l'humeur que vous montrez sur l'article relatif à la mesure des journaux, sur sa présentation à la chambre des pairs, etc. Au moins êtes-vous conséquent avec votre principe de la liberté illimitée *du commerce des poisons.* Juste preuve que l'expérience du passé est perdue pour vous, trouvez bon que d'autres soient plus sages.

Vous abordez enfin votre troisième question

Quel caractère politique la chambre des députés a-t-elle pris entre les mains du ministère..... etc.

Sonnant l'allarme avec un art exquis, vous nous présentez la chambre de nos députés comme un foyer de divisions. Vous dites donc :

La chambre des députés présente un aspect aussi singulier qu'il est nouveau. Une main peu sûre l'a laissée se briser en plusieurs parties. Vous en comptez trois et les caractérisez selon vos vues; puis tout-à-coup sans daigner vous arrêter à ce qui a été dit de plus sage, par les meilleurs géomètres, sur le calcul des probabilités, heurtant de front leurs conclusions, laissant de côté les remarques des publicistes sur les violentes agitations des assemblées nombreuses, vous regretez que la chambre ne le soit pas davantage, et la voudriez de quatre cents membres au lieu de deux cent cinquante-sept qui la composent.

Votre motif est que dix à douze hommes qui se groupent et s'isolent deviennent importans et changent la majorité.

Mes observations seront courtes : ou la chambre plus nombreuse, renfermerait les mêmes intérêts, et alors le nombre des groupes serait le même, leur masse serait seulement plus forte; ou le nombre des intérêts serait plus grand, et par conséquent les chocs plus violents, les négociations plus multipliées, et par-là même plus incertaines.

Dans l'état présent des choses, il est démontré que les intérêts et les passions n'ameneraient pas une division plus multipliée que celle décrite par vous ; il en résulterait seulement que plus de gens seraient en place, ce qui fait toujours plaisir ; qu'un plus grand nombre d'ambitions chercheraient à se satisfaire, ce qui n'est pas aussi facile à faire qu'à vouloir ; et qu'enfin suivant tous les calculs de probabilité, les décisions seraient loin d'en être meilleures, tandis que les embarras du gouvernement en seraient plus grands.

Voilà tous vos regrets évalués, et quelle est la justesse de votre blâme.

Si j'ai critiqué, il faut aussi que je loue, vous avez raison de dire : *la lassitude des royalistes serait le plus grand malheur qui pût arriver à la royauté ;* ce malheur au reste me paraît peu à craindre, *si ces royalistes* le sont par principes, s'ils tiennent *à la personne du roi* par un véritable amour, *à la légitimité* par un attachement pour la mère patrie, et par la foi de leurs sermens. Mais si ces royalistes ne tenaient qu'à leurs intérêts privés, ce mot renferme tout, si dans la stabilité du trône ils ne voyaient qu'eux, et n'aimaient que leur propre grandeur, alors leur lassitude ne serait pas le plus grand malheur possible, quoique cela en fut un.

Oui sans doute, l'opposition naturelle aujourd'hui, serait une *opposition démocratique*, combattue par *une forte majorité royaliste*. De ce que cela n'est pas vous en rejetez la faute sur le gouvernement; ici je vais procéder un peu plus lentement.

Les personnes les plus respectables pour moi, des talens que j'admire et des intentions que je ne suspecte pas, sont placés dans cette minorité royaliste née de la majorité de la chambre de 1815. Mais a-t-elle considéré avec la maturité nécessaire quelle est notre position au dedans et au dehors, et sur-tout au dedans? Use-t-elle d'une sage flexibilité? Il est des maux et des pertes irréparables; en éloigne-t-elle assez le souvenir? je crains que non; et s'il en est ainsi, fait-elle ce qui est impérieusement commandé; ce que la malheureuse France lui demande à grands cris. Qu'obtiendra-t-elle des autres, si les aînés de ses fils feignent de ne plus l'entendre et ne s'attendrissent pas sur ses douleurs. En reconnaissant la vivacité du zèle de cette majorité, puis-je ne pas voir l'erreur dans laquelle il l'entraîna; elle porta presque sa main *sur l'initiative;* c'était livrer la Charte, le Roi et la France à leurs ennemis. L'avantage du moment eût-il existé, tout l'avenir était perdu.

Les fautes des gens de bien ont cela de dangereux qu'on se laisse entraîner et éblouir par l'autorité de la vertu de ceux qui les commettent; on redoute la sévérité de son propre jugement. J'opposerai à ces minorités de la chambre des pairs et de celle des députés, la soumission héroïque de la majorité de la noblesse en 1789. Le feu Roi lui demandait de se réunir; les principes s'y opposaient, et elle préférait le péril de la défense à celui de l'abandon. Ce peu de mots termine sa résistance; *je vous le demande comme votre ami*, dit le monarque, *et s'il le faut, je vous l'ordonne comme votre roi.* Quel touchant abandon règne dans la réponse de M. le duc de Luxembourg, mais le bien n'était plus possible à faire, tous les sacrifices étaient inutiles.

A la noble minorité actuelle j'oppose sans crainte la noble majorité de 1789, celle-ci fit son devoir en ne voulant rien de plus que la volonté de son Roi; mais lorsque celle-là étant colégislative croit devoir émettre des suffrages négatifs, il est de la plus grande importance pour elle qu'il soit manifeste à tous que la voix de la conscience s'est fait entendre seule, qu'elle n'a point écouté ni celle de l'intérêt, ni même celle des passions. Sa position est extrêmement délicate, puisque les gens les moins véhémens ne peuvent s'empêcher de dire qu'elle commet une grande erreur. Combien il serait heureux qu'elle vît clairement qu'elle seule est l'espoir et la force des ennemis du trône ; qu'elle se reunisse, ils sont nuls.

Il ne vous a pas été difficile de faire un beau et fidèle tableau des hautes qualités de cette minorité, car vous êtes éloquent, mais vous l'avez mal terminé en disant : *le plus grand malheur ne serait-il pas de maintenir au pouvoir ceux qui nous perdent par ce systéme. Leur retraite n'est-elle pas la première condition du salut de la France.* Vous faites conclure tout d'abord que c'est de l'amour pour les places qu'est née la haîne pour les ministres ; vous avez gâté votre sujet.

Dans un écrit qui vous est particulièrement destiné, je ne me livrerai point à la discussions des termes, *gouvernement représentatif* et *gouvernement constitutionnel*. Vous les employez souvent et dans des sens si vagues, et susceptibles d'être si diversement inteprêtés, qu'il est évident que vos idées ne sont pas encore bien déterminées à ce sujet. J'y reviendrai dans une autre occasion, car nos publicistes paraissent les laisser entr'eux comme un moyen de combat et d'une confusion perpétuelle. Le premier gage à donner de sa bonne foi, c'est d'éloigner les pures disputes de mots.

Vous seul pouvez nous apprendre comment il se fait que depuis l'époque de la restauration, tous les ministres aient le malheur d'être l'objet de vos reproches. Vous prodiguez les tableaux, votre manière est large et vos couleurs sont vives, mais le dessin n'est pas correct. Il s'ensuit qu'il n'y a plus d'ensemble dans votre composition; pour vous le prouver, je vais seulement rapprocher vos diverses pensées.

Les hommes appelés au pouvoir, en 1814, *au lieu de rester à leur poste devant le roi, passèrent derrière.* C'est la place que la Charte leur assigne. Vous en donnez un autre motif, il est en opposition avec la Charte, mais il ouvre un champ à votre critique, et vous ne l'avez pas négligé, le voici :

Afin de couvrir la responsabilité du ministre, de l'inviolabilité du monarque. Rien de si frivole que cette allégation, elle est en opposition avec tous les principes. Lisez, je vous en ai déjà fait la prière, mon ouvrage *sur la responsabilité des ministres*. Ne me faites pas de reproches de ce que je me cite moi-même, je suis votre exemple. *Tantôt on confond le ministère avec le trône, tantôt on en fait une puissance séparée..... Erigeant ainsi en théorie de petits souverains qui sembleraient avoir des principes et un pouvoir indépendant de ceux du monarque.* Ou les ministres ont eu raison de se mettre derrière le monarque et de repousser loin d'eux toute autre responsabilité que celle qui leur est imposée par la Charte, et alors pourquoi leur en faites-vous un reproche? ou pourquoi trouvez-vous mauvais que l'on fasse des ministres un pouvoir séparé de celui du monarque. Votre blâme est ici très-placé, donc il ne l'était pas dans votre première proposition.

Quand on part de principes fixes et avoués, on ne fait pas de semblables divagations. Quel art fatal, cependant, vous avez employé pour multiplier les inculpations, faire croître les inquiétudes, isoler les esprits par ces craintes vagues qui, ne portant directement sur personne, tombent alors sur tous. Enlever ainsi à la société cette sécurité qui y répand une bienveillance mutuelle, c'est briser les liens qui unissent l'homme à l'homme : la défiance est un germe fécond de désordres pour l'ordre social.

Ces inculpations accumulées dans votre écrit, fruit d'une imagination tourmentée, se sont évanouies devant le flambeau de la critique ; elles n'ont pu en supporter l'éclat. Le vide qu'elles laissent, montre votre attaque principale dégagée de leur vain cortège. Et quelle est-elle ? Vos expressions sont claires : *On perpétue des lois d'exception qui perpétuent le ministère de la police générale ; tribunal d'inquisition politique, qui, dans un moment de crise, a pu avoir son utilité ; mais dont l'existence est définitivement incompatible avec un gouvernement constitutionnel.*

Telle est la pensée fondamentale de votre ouvrage ; il a été écrit pour elle seule. Vous vous êtes, M. le vicomte, blessé de vos propres armes. Il est manifeste pour tout homme sensé, que la *crise n'est point passée* tout le temps qu'il sera publié des brochures comme la vôtre ; aussi long-temps que les étalages de la librairie seront surchargés de pamphlets et même de gros volumes incendiaires ; je les nomme lorsque je les combats, mais ils ne vous sont pas inconnus. Si l'on ne réussit pas à en faire des causes de troubles, ils sont assurément des symptômes d'audace et de mauvaise volonté. Vous concluez donc contre l'évidence, car puisqu'il y a action, il faut qu'il y ait résistance.

Je m'arrête ; tout cependant n'est pas épuisé, mais j'ai besoin d'arriver au but que je m'étais désigné ; je ne redirai donc point l'erreur funeste qui vous a fait prendre la plume ; de telles répétitions, fâcheuses pour vous, seraient pénibles pour moi, mais j'espère vous ramener à de sages réflexions ; le mal est fait, réparez-le.

Je n'appellerai point les temps anciens en témoignage ; la vérité cependant n'a point d'âge, on ne prescrit pas contre elle. Recourons à notre histoire ; quels exemples n'y trouvai-je pas. Certes, si jamais un ressentiment a pu sembler pardonnable, c'est celui que l'oppression et l'injustice la plus outrée firent naître dans l'ame du connétable de Bourbon ; vous frémirez cependant aux derniers mots que lui adresse le *chevalier sans reproche*. Bourbon s'éloigne en gémissant, et comme poursuivi par son crime, périt bientôt sans gloire dans une guerre de brigandage. Turenne, ce nom est imposant, par quels moyens fit-il oublier sa défection. Des services sans nombre; le reste de sa vie constamment fidèle, des victoires éclatantes remportées sur les ennemis mêmes dont il servit la cause un instant, telles furent ses ressources pour recouvrer sa gloire première.

Voulez-vous plus encore? le premier prince du sang, le protecteur de l'enfance de Louis XIV a éprouvé une grave injure, il ne voit plus que la vengeance; il s'y livre tout entier. Le grand nom de Condé, si beau encore aujourd'hui parmi nous, il semble l'avoir oublié. Ah M. le vicomte, voici comment ce prince magnanime jugeait cet instant d'égarement. Toutes les actions de sa vie guerrière sont, par ses ordres, représentées dans une galerie de son château de Chantilly; il prononce contre lui-même un jugement terrible. La muse de l'histoire, tenant la vie de Condé, en a déjà arraché des feuillets sur lesquels sont inscrits tous les faits d'armes qu'il ne peut faire rentrer dans l'oubli, mais qu'il voudrait que du moins sa vie ne contînt pas.

Arrêtez-vous donc comme Turenne, et Condé, revenez comme eux sur vos pas, servez le trône comme ils le firent, songez qu'une faute perpétuée attire toute la sévérité de l'histoire, et vous lui appartenez ; que si cette faute au contraire a été couverte par de grands et durables services, l'histoire alors ne s'occupe des torts que pour illustrer davantage la noblesse de la réparation.

Voilà, M. le vicomte, ce qu'un zèle dégagé d'intérêt, ce que mon admiration pour vos talens, et le regret de voir l'usage actuel que vous en faites, ont pu me dicter. Aussi ne balancerai-je pas à dire que je suis,

MONSIEUR LE VICOMTE,

Votre très-humble et très-obéissant serviteur,

MARCHAIS DE MIGNEAUX.

www.ingramcontent.com/pod-product-compliance
Ingram Content Group UK Ltd.
Pitfield, Milton Keynes, MK11 3LW, UK
UKHW021147220726
13924UKWH00003B/1045